KB127493

내 안의 그리움
태산이 되었습니다

내 안의 그리움
태산이 되었습니다

펴낸날 초판 1쇄 2023년 11월 22일

지은이 최봉순 · 주해성
펴낸이 서용순
펴낸곳 이지출판

출판등록 1997년 9월 10일
등록번호 제300-2005-156호
주소 03131 서울시 종로구 율곡로6길 36 월드오피스텔 903호
대표전화 02-743-7661 팩스 02-743-7621
이메일 easy7661@naver.com
인쇄 ICAN
물류 (주)비앤북스

값 15,000원

ISBN 979-11-5555-211-7 03810

※ 잘못 만들어진 책은 교환해 드립니다.

최봉순 · 주해성 부부시집

내 안의 그리움
태산이 되었습니다

이지출판

주해성 · 최봉순 시인이 '부부시집'을 발간한다. 두 시인은 직장 등의 이유로 제주와 여수에 머물면서 서로의 그리움을 시에 담았고, 그 시들이 모여 한 권의 시집으로 탄생했다.

부부시집 하면 대부분 부부 중 한 사람이 다른 한 사람을 생각하며 적은 시집인 데 반해, 이번에 발간되는 시집은 부부가 직접 서로의 애틋한 마음을 시로 적어 담았다.

두 시인의 시는 감성시라는 공통점을 가지고 있지만, 전개 방법은 차이가 있다. 시집 속의 시가 서로의 생활에서 느끼는 일상이면서도 그 속에는 늘 그리움이 담겨 있고, 그 그리움은 결국 시를 읽는 독자가 주인공이 되게 하는 매력까지 담고 있다.

그래서 시를 읽다 보면 떨어져 지낸 경험이 있는 사람에게는 지금 시간을 돌려 과거로 여행을 떠나게 하기도 하고, 또 경험이 없는 사람에게는 막연한

동경심까지 들게 만든다. 그런 면에서 이 시집은 성공했다고 본다.

이렇게 해서 탄생한 시집은 가족들에게는 길이 남을 재산이자 유산이 될 수 있다. 아니 역사가 될 수 있다. 참 많은 시간이 흐른 어느 날 작가의 손자, 그 손자의 손자가 시집을 펼치고 할아버지와 할머니의 애틋한 그리움을 읽으면서 미소 짓는 모습을 미리 생각하니 내 마음이 저절로 따스해진다.

떨어져 지내면서도 서로에게 힘이 되고, 그 힘이 다시 사랑을 확인하는 멋진 시집을 발간한 두 부부 시인께 다시 한번 축하를 드리며, 앞으로 더 많은 활동을 하는 우리나라 최고의 시인이 될 수 있도록 늘 함께할 것을 약속드린다.

커피시인 윤보영

그대는 새봄을 좋아하고, 나는 늦가을 정취를 더 좋아했다. 이렇듯 우리 부부는 취향이 다르고 생각도 다르지만, 언제부턴가 다름을 서서히 인정하기 시작했다. 그렇다. 그대와 함께한 세월이 기억에서 지워지기 전에 그대 생각이 미소로 다가오는 지금 마음을 시어(詩語)로 남길 수 있다면 남은 세월 또한 즐겁게 보낼 수 있을 것 같다.

우리 부부는 약혼 기간이 남달리 길었다. 그 덕분에 수백 통의 편지를 주고받았고, 지금도 애틋한 감성으로 정성 들여 적은 손편지를 보관하고 있다. 나의 무딘 감성이 이나마 순화된 것은 오롯이 그녀의 순수한 심성과 긍정 에너지 덕분이라 생각한다. 그래서인지 나와 전혀 다른 감성의 세계를 추구하는 그녀가 마냥 부럽고 사랑스럽다.

그러던 어느 날 우연히 네 잎 클로버를 발견하듯 감성시를 만나는 행운을 얻었다. 지도해 주신 윤보영 교수님께 감사드리고, 저희 부부에게 수기치인 (修己治人)의 가르침과 호(號)를 지어 주신 금곡 선생님 내외분, 편견과 차별 없는 함께 사는 세상을 위하여 20년간 봉사해 주신 김순택 회장님 내외분, 정갑수 선배님을 비롯한 총동창회장단 동문들, 이 지출판사 서용순 대표님, 늘 힘이 되어 주는 사랑하는 가족과 지인들에게 감사한 마음을 전한다.

2023년 늦은 가을에
한라산 기슭에서 학이재(學而齋)를 바라보며

정재(定齋) 주해성
정심당(正心堂) 최봉순

추천의 글_ 윤보영 · 4

작가의 말 · 6

최봉순

《월간 신문예》 심사평 · 14

신인상 수상작 · 15

1부 바람 타고 날아온 봄

그리움 1 · 20

그리움 2 · 21

바람은 사랑인가 · 22

양파 · 23

경칩 · 24

그대 향기 · 25

동행 · 26

목련 · 27

아마도 · 28

꿈 · 29

노을 · 30

사랑 · 32

행복 · 33

밥 · 34

체중오버 · 35

봄바람 · 36

가로등 · 37

자식바라기 · 38

어머니란 꽃 · 39

물안개 · 40

꽃잔디 · 41

비 내리는 날 · 42

2부 꽃으로 핀 그대는

봄 • 44

둘 다 좋아요 • 45

오직 그대 • 46

수국꽃 • 47

별 • 48

사랑 온도 • 50

바람아 • 51

매미 • 52

행운 • 53

웃는 버릇 • 54

그대는 하늘 • 55

콩깍지 • 56

욕심일까요 • 57

토닥토닥 • 58

보름달 • 59

귀뚜라미 • 60

책장 • 61

단풍 • 62

신발 • 63

김밥 • 64

편지 • 65

청소기 • 66

3부 내 눈에 안경

벽 • 68

사랑 이야기 • 69

내 눈에 안경 • 70

가을 하늘 • 71

구절초 • 72

단풍 커피 • 73

가을 산 • 74

억새 • 75

길 • 76

가을 커피 • 77

저무는 가을 • 78

세월 • 79

여유 커피 • 80

여수 밤바다 • 81

고향 생각 • 82

복주머니 • 83

기찻길 • 84

요술쟁이 • 85

낮달 • 86

함박눈 • 87

군고구마 • 88

한 해를 돌아보며 • 89

주해성

《월간 신문예》 심사평 • 90

신인상 수상작 • 91

1부 그대가 가장 생각날 때

사랑이 답 • 96

부부라는 꽃 • 97

보고 싶은 마음 • 98

바다와 그대 • 99

정 때문에 • 100

믿을 만한 호박씨 • 101

비 내리는 날 • 102

난 알아요 • 103

태산 • 104

부부 인연 • 105

결혼기념일 • 106

가을 단풍 • 107

그만하면 됐지 • 108

이름 • 109

행복 바이러스 • 110

껌딱지 • 111

내 안의 장미 • 112

동짓날 • 113

당신은 산타 • 114

발자국 하나 • 115

그대가 가장 생각날 때 • 116

신발 • 118

2부 내 안의 그대는

겨울 홍시 1 • 120

겨울 홍시 2 • 121

팥죽 • 122

집밥 • 123

왜냐고요? • 124

노란셔츠 어머니 • 125

어머니 영전에 • 126

복주머니 • 128

꿈 • 130

나이 속도 • 131

목욕탕과 아버지 • 132

파도타기 • 134

농어 낚시 • 135

핸드폰 • 136

골프와 인생 • 137

복날 • 138

호박꽃 • 139

해바라기 • 140

멀리 가려면 • 141

신상품 • 142

탁상시계 • 143

구름 • 144

3부 희망의 꽃으로 피어납니다

침묵의 바다 • 146

터널 • 147

용서 • 148

가을 커피 • 149

보리굴비 • 150

돌솥밥 • 151

눈 발자국 • 152

첫눈 • 153

제주의 돌 • 154

제주 오름 • 155

세월 • 156

몽돌 • 157

오리탕 • 158

엿 • 159

자나깨나 불조심 • 160

동반자 • 161

옹달샘 • 162

커피가 약입니다 • 163

송년 • 164

새해를 맞이하며 • 166

최봉순

상상력이 풍부하고 시격을 갖춘

《월간 신문예 113호》 신인응모 시부문에 최봉순 님의 〈거울〉〈소나기〉〈천생연분〉〈노을〉 4편을 당선작으로 선정한다.

예술이 고도의 경지에 도달한다는 것은 특별한 능력이 아니라 훈련하여 키우는 것이다. 소크라테스의 '너 자신을 알라'는 것도 너의 무지를 알라는 것으로, 진실을 추구하려면 지식의 착각에서 벗어나야 한다. 지식의 출발은 모른다는 것에서 출발한다.

시 〈거울〉은 6행의 짧은 시이지만 허를 찌르는 묘미를 느끼게 한다. "벽에 걸린 거울이/ 웃고 있습니다// 나/ 두 눈 가렸으니// 보고 싶은 사람 생각/ 계속해도 된다며" 거울 속의 웃는 사람이 화자일 수도 있고 생각 속의 타자일 수도 있다. 두 눈을 가렸으니 보고 싶은 사람 맘껏 생각하라는 유머와 위트가 있는 시다. 시 〈소나기〉도 그리움에 대한 연상작용의 시다.

시 〈천생연분〉의 2연과 3연의 "내 반쪽과/ 그대 반쪽이 만나/ 꽃밭을 만들고" "꽃밭 가득/ 웃음꽃을 피우고/ 그것도 모자라/ 마주 볼 때마다 웃는/ 우리는 천생연분"이라는 사랑하는 사람을 향한 따뜻하고 긍정적인 시다. 시 〈노을〉은 천진난만하고 신비감을 주는 동심의 세계로 인도하는 듯한 소박한 시어로 감동을 준다.

최봉순 님의 시들은 시적 동기가 진실하고 순수하게 읽힌다. 습작 과정을 많이 익힌 듯 사물과 사람 사이의 연상작용을 통한 이미지가 긍정적이고 상상력이 풍부하다. 단순화한 짧은 시가 짙은 여운을 남기며 완성도를 높이고 있어 문단에 나와도 무난하다고 생각되어 합격선에 넣으며 축하드린다. 정진하시기 바란다.

_정근옥, 엄창섭, 지은경

거울

벽에 걸린 거울이
웃고 있습니다

나
두 눈 가렸으니

보고 싶은 사람 생각
계속해도 된다며.

소나기

해야
너도 나처럼
그리움을 담고 있나 보다

구름을 불렀다가
비까지 내리는 걸 보면.

천생연분

생각만 해도
늘 기분 좋은 그대

내 반쪽과
그대 반쪽이 만나
꽃밭을 만드는 우리

꽃밭 가득
웃음꽃을 피우고
그것도 모자라
마주 볼 때마다 웃는
우리는 천생연분!

노을

하늘이
빨간 물감을 쏟았습니다

하늘만큼 그리웠는지
내 그리움도 쏟았습니다

하늘은 아쉽다고
붉게 타고

내 그리움은 보고 싶다고
붉게 타고.

1부
바람 타고 날아온 봄

그리움 1 · 그리움 2 · 바람은 사랑인가

양파 · 경칩 · 그대 향기 · 동행 · 목련 · 아마도

꿈 · 노을 · 사랑 · 행복 · 밥 · 체중오버

봄바람 · 가로등 · 자식바라기 · 어머니란 꽃

물안개 · 꽃잔디 · 비 내리는 날

그리움 1

호수에
돌을 던졌습니다
바람도 없는데
물결이 입니다

그대 생각이 납니다

돌을
호수가 아니라
그대 그리움에
던졌나 봅니다

참 많이 보고 싶습니다.

그리움 2

마음 한켠에
그리움을 심었습니다

그대 생각이 자라서
혼이 났습니다

너무 좋아 뜬눈으로
지새울 때도 있었지만

그대 생각이 미소로 다가와
늘 기분 좋게 해 줍니다

그러니 내일 다시
그리움을 심을 수밖에요.

바람은 사랑인가

바람은
겨울을 보내고
봄을 부릅니다

바람 타고 날아온 봄은
내 그리움을 불러내
사랑으로 머뭅니다

봄도 바람으로 오고
사랑도 바람으로 오고

알고 보니 바람이
행복을 바라는
그 바람이었네요.

양파

날것도 맛있고
익혀도 맛있는
햇양파를 샀다

양파를 깔 때는
늘 조심
또 조심

안 그래도 매운데
보고 싶은 사람 생각에
그리움을 까면

큰일이다
큰일.

경칩

경칩이
개구리를 깨웠다

경칩을 앞세운 봄이
내 마음을 흔들었다

개구리만 깨울 것이지
책임도 안 질 거면서.

내 안의 그리움 태산이 되었습니다

그대 향기

산길을 걷는다

어젯밤에 내린 비로
향기가 풋풋하다

향기는
산 속에 머물고

어젯밤
그대 생각으로 꺼낸
그리움은
내 안에 머문다.

동행

같은 길을
걷는다는 건
참 좋다

그 사람이 당신이기에
더 좋다

그래서 걷는다
당신 생각 가슴에 담고

오늘도
행복 속을 걷는다.

목련

꽃이 잎보다
먼저 피는 목련이
활짝 피었다

따뜻한 바람이
불었나 보다

내 가슴에
꽃으로 핀 그대를
따라하겠다며
서둘러 피었다

그대 반만큼도
못 미치지만
그래도
봐줄 만하다.

아마도

당신을 만나
평생 웃으며 사는 것은

어쩌면 우리가
이 세상 태어나기 전
잉꼬새였는지도 몰라

아마도
아마도.

내 안의 그리움 태산이 되었습니다

꿈

밤마다 꿈을 꾸지만
생각은 나지 않습니다

그러나
꿈속에서
그대와 즐거웠던 순간은
생생하게 떠오릅니다

여운이
얼마나 깊은지
하루 종일 행복합니다.

노을

하늘이
빨간 물감을 쏟았습니다

하늘만큼 그리웠는지
내 그리움도 쏟았습니다

하늘은 아쉽다고
붉게 타고

내 그리움은 보고 싶다고
붉게 타고.

사랑

사랑은
줄수록 더 커진다지요

그래서
주고 또 주고
자꾸 주고 있습니다

준 사랑이 남산*만 해도
걱정이 없습니다

받는 사람이 당신인데
오히려 잘된 일이지요.

* 서울시 중구와 용산구 경계에 있는 산

행복

오늘도
행복을 만들고 있습니다

그대 생각이
내 그리움에
차곡차곡 쌓여 갑니다

그러니 쌓인 만큼
행복도 높아질 수밖에요

오늘도
그대 생각 꺼내 놓고
행복을 쌓고 있습니다.

밥

날마다
밥을 지어요

가끔
그대 생각을
빠뜨리는 날에는
죽도 밥도 안 되지요

그래서
밥을 지을 때마다
밥을 좋아하는 당신을 위해
확인 또 확인합니다.

체중오버

몸무게를 재다가
내 눈을 의심했네요
체중오버

왜 이러지?
그대 생각을 빼고
다시 쟀더니
정상이래요

요즘
그대 생각을
너무 많이 하고 있나 봐요
그래도 괜찮아요
행복한 게 최고니까요.

봄바람

덜컹덜컹
문 열어 주세요
바람이 꽃을 앞세워
노크한다

내 안의 그리움을
어떻게 알았지?
하마터면
열어 줄 뻔했다

다행이다
다행.

가로등

밤길을 걷다가
가로등이 모두
그대 얼굴로 보여
깜짝 놀랐다

안경을 고쳐 쓰고
다시 봐도
웃으면서 나를 반기는 얼굴!

혼자 걷는 밤길까지
지켜 주는 그대
사랑할 수밖에 없는
내 당신.

자식바라기

자식들만 바라보는
어머니는 자식바라기

잘난 자식보다
못난 자식을
더 바라봤던 그 마음
그때는 몰랐어요

지금도 저 하늘에서
지켜보실 어머니!

이제 그 마음 알았으니
편히 쉬세요.

어머니란 꽃

5월에는
많은 꽃들이
피고 지고 하지요
장미, 작약, 모란

내 마음에도 꽃이 있지요
그리움으로 핀 꽃

5월이면
더 보고 싶게 만드는
어머니라는 꽃.

물안개

물안개가
하늘을 가렸네요

하얀 하늘에
그대 얼굴 하나
그려놓고 왔지요

들킬까 봐 두근두근
이러다 하얀 물안개
노을 지겠다.

꽃잔디

길가에
꽃잔디가 피었다
낮아도 화려한 꽃

혼자는 외롭다며
뭉쳐서 더 예쁜 꽃

내 안의 그리움만큼
진하게 핀 꽃
내 그리움 닮은 꽃.

비 내리는 날

오늘같이
비가 내리는 날엔
빗속을 걷고 싶다

내린 비에
그리움이 젖어
아프도록 보고 싶어도
빗속을 걷고 싶다

내 안의 그대를 불러
함께 걷고 싶다.

2부
꽃으로 핀 그대는

봄 · 둘 다 좋아요 · 오직 그대 · 수국꽃
별 · 사랑 온도 · 바람아 · 매미 · 행운
웃는 버릇 · 그대는 하늘 · 콩깍지 · 욕심일까요
토닥토닥 · 보름달 · 귀뚜라미 · 책장
단풍 · 신발 · 김밥 · 편지 · 청소기

봄

봄은
혼자 오지 않는다
꽃과 함께 온다

내 안의 그대도
홀로 머물지 않는다
늘 나와 함께
꽃으로 머문다

그래서
꽃 피는 봄과
꽃으로 핀 그대는
닮았다.

둘 다 좋아요

사랑은
모닥불처럼
순식간에 피어올랐다
쉽게 사그라지기도 하고

그리움은
참나무 장작불처럼
더디게 불붙었다
깊게 오래가고

하지만
화끈한 사랑도
은근한 그리움도

그대가 주는 것이라면
둘 다 좋아요.

오직 그대

젖은 빨래는
건조기에 말릴 수 있고

젖은 우산은
햇볕에 말릴 수 있지만

젖은 내 가슴은
오직 그대만 말릴 수 있어요

그래서 가끔은
내 안이 젖었으면 좋겠어요.

수국꽃

수국꽃이 피었네요
언제 보아도
탐스럽게 웃고 있네요

그러니
지나가는 사람들도
따라 웃지요

그대 웃음소리
그대 목소리가 들려요

사실은 그 수국
당신이 좋아해서
내 안에 심었거든요.

최봉순　47

별

내 가슴에
빛나던 그 별

오늘은
너무 그리워 감당이 안 된다며
하늘에 떠 있네요

그런데
어찌하지요
하늘도 감당 못할 텐데.

사랑 온도

언어에도
온도 차이가 있네요

반가울 때
서운할 때
몸이 불편할 때
뚜렷하게 나타나지요

그렇다면
우리 사이
사랑 온도는 몇 도일까?

잴 수 없어 아쉽고
잴 수 없어 다행이고.

바람아

바람아
정처없이 산으로 들로
불지만 말고

내 그리움
그대에게 전해 줄 수 없니?

눈을 감아도 그대 생각
눈을 떠도 그대 생각!

나
좀
살자.

매미

밤낮없이
짝을 찾아 울어대는
매미야

애절한 네 마음
이해는 간다만

너보다
몇백 배 더 그리운 나는
어쩌란 말이야!

행운

그대가 행운이라면
그대 만난 나는 축복입니다.

웃는 버릇

밥을 먹다가 눈만 마주쳐도
미소짓는 그대가 있어
행복주머니 생겼습니다

차곡차곡 쌓인 행복
수시로 꺼내 보려고
내 안에 간직했습니다

입가에 미소 들킬까 봐
조용히 웃는 데도
자꾸 들키고 마네요

들키고
들키고
이제 버릇이 되었지요.

그대는 하늘

손바닥으로
하늘을 가릴 순 없다지요

그래요
내 안의 그대는
처음부터 하늘이었고

거부할 수 없는 사랑이기에
가릴 필요가 없었어요

언제부턴가
그 하늘
늘 품고 사네요.

콩깍지

콩깍지가 씌이면
보이는 게 없다고 말하지요

그런데
어쩌죠?

그 콩깍지 떨어질까
안경까지 썼거든요.

욕심일까요

인생은
빈손으로 왔다
빈손으로 가는 거라 하잖아요

그러면
사랑 때문에 태어나
사랑하다 가는 삶은
욕심일까요

저는
그대 사랑을 담고 가는데
어쩌죠?

토닥토닥

가을을 기다리는데
뜬금없이 비가 온다

내 그리움 어떻게 알고
요란스럽게 내린다

오던 가을은
어이가 없는지
한발 뒤로 물러나서
묵묵히 바라만 본다

그대 그리워하는
내 마음 닮은 가을!

괜찮아
괜찮아
토닥토닥.

보름달

그대처럼 환하게 웃는
저 보름달
내 가슴에 담았다

그대 닮은 달처럼
늘 웃고 싶어서

달도 웃고
나도 웃고
우리 집 웃음꽃

솔선수범
내가 먼저 피었다.

귀뚜라미

쓰르르 쓰르르
귀뚜라미가 가을이 왔다고
신바람났다

그대 생각에
잠 못 이룬 내 마음은 어떻게 하고
밤이 깊도록 노래만 한다

그대 그리워
애간장이 다 녹는
내 가슴
어떻게 하라고
어떻게 하라고.

책장

책장에
그대와의 추억을
꽂아 두기로 했다

그리울 때마다 꺼내 보고 싶어
행복했던 순간을 꽂고
사랑했던 마음을 꽂는다

추억이 쌓이고
행복도 쌓여 가고
드디어
그대 미소도 보인다.

단풍

내 안에서
단풍이 물들어 갑니다
노랗고 빠알간 단풍

그대 생각
너무 깊이 하다가
가을도 아닌 내가
물이 들었습니다

봄을 좋아하는 나
가을을 좋아하는 그대

그대 생각에 물들었으니
그저 행복할 수밖에.

신발

신발은 나의 짝꿍
어디든 함께 가야 하니까

그대도 나의 짝꿍
함께 있어야 하니까.

김밥

김밥에 야채를 넣고
사랑을 넣어 말았더니
옆구리가 터졌다

처음 느낀 사랑이라
부담이 컸나?
아니면
시샘이 났나?

편지

바다에
그립다고 적었다

파도가
읽기도 전에 지웠다

너무 애달파
읽을 수가 없었나

아니면
파도도
그리움이 컸나?

청소기

마음을 정리하는
청소기가 있다면
내 안에 두고 싶다

지금처럼
갑자기 쓸쓸해지면
다른 생각 다 지우고
그대 생각만 남겨두게.

3부
내 눈에 안경

벽 · 사랑 이야기 · 내 눈에 안경 · 가을 하늘 · 구절초

단풍 커피 · 가을 산 · 억새 · 길 · 가을 커피

저무는 가을 · 세월 · 여유 커피 · 여수 밤바다

고향 생각 · 복주머니 · 기찻길 · 요술쟁이 · 낮달

함박눈 · 군고구마 · 한 해를 돌아보며

벽

벽에 그대
그리운 마음을 적었더니
전화가 와서 깜짝 놀랐다

벽창호인 줄 알았는데
센스까지 있는 당신!
내 사랑
다 받을 자격 있다.

내 안의 그리움 태산이 되었습니다

사랑 이야기

항아리가 널려 있는
정원에 다녀왔다

항아리마다
사랑이 가득 담겨
마음까지 따뜻했다

사랑하는 그대와
사랑을 듬뿍 담고 왔으니
올겨울
난로 없어도 되겠다.

내 눈에 안경

그대만 보이는 안경
모든 게
사랑으로 보이는 안경

그 안경 쓰고
벗지 않을 테니

그대!
나이 들어도 걱정 말아요.

가을 하늘

쪽빛 하늘에
구름이 그림을 그렸다

양떼를 그리고
물결을 그리다가
그대 얼굴까지 그려서
깜짝 놀랐다

내 그리움 들킨 것 같아
안절부절
그래도
기분은 좋다.

구절초

꽃망울을 달고
쓰러진 구절초

안쓰러워
들여다보는 나에게

구절초도
사람도

좋은 시절이 있을 테니
기다려 보자고 한다.

내 안의 그리움 태산이 되었습니다

단풍 커피

커피에
단풍잎을 띄웠더니
그대 향기가 난다

가을 닮은
그대 생각이 먼저 담겼나

가을을 마신다
그대 그리움을 마신다

참
많이
보고 싶다.

가을 산

단풍으로
물들어 가는 산
내 그리움을 닮았나 봅니다

가을이 깊어 간다고
산이 아니라
내 가슴을 물들이는 걸 보면

내 인생의 가을도 깊어 갑니다.

억새

가는 세월이 아쉽다고
몸을 흔드는 억새

아쉬운 게
어찌 너뿐이겠니?

내 안에 잡힐 듯 말 듯
그 거리에서
그리움만 흔드는
그대도 있는데.

길

"길이 아니면 가지 말라"는
말이 있지요

하지만
갔습니다

내 안에
그댈 찾아가는 것은
어딜 가도 꽃길!

길이 아니어도 걱정 없어요.

가을 커피

여름에 마시는 커피보다
가을에 마시는 커피가
더 향기로운 건

그대와 처음 만나 마셨던
추억이 담겼기 때문!

그땐
수줍어 맛도 못 느꼈는데
이제 와서
그 맛 기억난다

이제
나 어떡하지.

저무는 가을

낙엽이
산길을 덮고 있습니다

그대 생각으로
가득 덮인 내 그리움처럼

걸을 때마다
바스락바스락

그리움 달래 주듯
장단을 맞춥니다

가을은 저물어 가고
그대는 웃으며 다가오고.

세월

세월아
너는 어찌 그리도
걸음이 빠르니

나와 함께
즐기면서 가는
그 사람처럼

제발
천천히 가면
안 되겠니?

여유 커피

커피는 여유다

커피잔에
그대 생각 올려놓고
하나씩 꺼내 보는 재미!

미소가 피어오른다
그대 그리움이 물든다.

여수 밤바다

낮보다
밤이 더 아름다운 여수

낭만과 버스킹이 있고
청춘이 물결치는 곳

바다 향기가
가슴을 열고
그대처럼

'훅'
들어온다

기분 좋아 놀란다.

고향 생각

웬일일까?
어릴 적 추억이 담겨 있는
시골 고향이 그리워진다

골목골목
눈 감고도 뛰어다니던
길이 아른거린다

고향 생각
그리워하는 걸 보니
이제 나도
익은 사랑을 할 때다

보고 싶다 그대!

복주머니

웃으면 복이 온다 해서
실컷 웃었습니다

신기하게 내 안에
복주머니가 열렸습니다

열릴수록
그대 사랑 자꾸 들어와서
또 한바탕 웃었습니다

열고 보니
나에게 가장 큰 축복은
그대 사랑!

기찻길

옛 기찻길로
자전거가 지나간다

그대 생각
내 생각
나란히 태우고

저무는 가을길을 달린다
따르릉따르릉

휘파람까지 불며 신나게
그대 가슴속을 달린다.

요술쟁이

사랑은 요술쟁이

주면 줄수록
배가 되어 돌아오는

아니
복리 이자까지
더 얹어 주는.

낮달

낮달이
그대 보고 싶은 내 마음처럼
얼굴을 내민다

너
흉내 내지 마!

부끄러운 듯
슬쩍
구름 뒤로 숨는다.

함박눈

함박눈이
세상을 덮었습니다

산과 들
내 마음까지 덮고
보고 싶은 그대 생각
눈 위에 그려 보라네요

세상에서
가장 큰 도화지를 내민다고
내가 못 그릴 줄 알고.

군고구마

군고구마 냄새
코 끝을 자극하고
가슴까지 파고든다

내 안에
그대 생각 가득하여
들어갈 틈도 없는데

어릴 적
시골 향기가
그대 생각 곁을 맴돈다.

한 해를 돌아보며

12월 끝자락에서
지나온 시간을 꺼내 보았습니다

꺼낼수록 그대 사랑이
마구 뛰어나와
행복한 한 해였다고 말해 줍니다

내년에는
더 많은 꽃을 피우겠습니다

그대와 함께
꽃밭을 만들겠습니다.

주해성

시의 주제와 특징을 잘 살린 시

《월간 신문예 113호》 신인응모 시부문에 주해성 님의 〈사랑 안테나〉 〈함박꽃〉 〈물안개〉 〈여행 가방〉 4편을 당선작으로 선정한다. 인간의 사유방식이 극서정시를 낳았다면 현대의 지식을 생산하는 미디어가 인간의 사유방식을 변화시켰다고 본다. 시는 말하고 싶은 그 무엇을 기호적 언어로 말하는 것이다. 기호적 언어는 수사법이 대신하며 낯설게 하기, 비틀기, 비유법 등을 활용하는 것이다. 주해성 님의 시들은 첫 생각을 놓치지 않고 잘 이끌어가는 힘이 있다.

시 〈사랑 안테나〉는 그대와 나를 매개로 사랑의 안테나를 세우고 있다. 사랑의 안테나는 채널이 필요 없다. 그리움의 전파만 주고받을 수 있다. 시가 길어야 독자에게 전달되는 것은 아니다. 적확한 언어로 함축한 짧은 시가 시의 주제와 특성을 더 잘 드러내고 있다. 시 〈함박꽃〉은 꽃에 대한 이미지 연상법을 활용하고 있다. 함박꽃은 그대이며 그대는 함박꽃이다. 고로 함박꽃을 닮은 그대는 행복이다. 헤겔의 변증법 정반합 이론의 역설을 보는 것 같다.

시 〈물안개〉는 물안개가 캔버스가 되고 캔버스에 그대 얼굴을 그리고 행복이 된다. 시 〈여행 가방〉은 여행을 떠나기 위해 가방을 챙기며 한쪽 공간에 사랑하는 사람의 몫을 남겨둔다. 먼 여행을 떠나도 사랑하는 사람의 자리가 항상 함께함을 은유적으로 표현했다.

주해성 님의 시들은 언어 구사가 능란하고 재치가 있으며 위트를 엿볼 수 있다. 시적 요소인 운율과 주제와 심상이 잘 갖추어진 시 세계를 구축하고 있어 당선권에 넣으며 축하드린다.

_ 정근옥, 엄창섭, 지은경

사랑 안테나

그대 원한다면
사랑의 안테나 세우고 싶다

그대와 나 사이
채널 고정 필요 없이

오롯이
그리움의 전파만
주고받을 수 있게.

함박꽃

늘
그대는 꽃입니다
나만 보면
활짝 웃는 함박꽃

꽃잎에
그대 얼굴이 보여
나도 따라 웃어져요

나에게
행복을 안겨 주는
참 좋은 꽃
당신이라는 꽃.

물안개

이른 새벽
물안개가 피어오른다

얼른
하얀 캔버스에
함께 보았으면 좋을
그대 모습을 그렸다

부끄러운 듯
불그스레한 모습으로
변하는 얼굴!

아,
행복한 아침이다.

여행 가방

먼 여행
떠나기 위해
가방을 챙길 때마다

꼭
한 공간을 비워 두지요

담아도
담아도
모자라는 것 같아

자꾸 열어보는
당신 사랑!

1부
그대가 가장 생각날 때

사랑이 답 · 부부라는 꽃 · 보고 싶은 마음 · 바다와 그대

정 때문에 · 믿을 만한 호박씨 · 비 내리는 날 · 난 알아요 · 태산

부부 인연 · 결혼기념일 · 가을 단풍 · 그만하면 됐지 · 이름

행복 바이러스 · 껌딱지 · 내 안의 장미 · 동짓날

당신은 산타 · 발자국 하나 · 그대가 가장 생각날 때 · 신발

사랑이 답

날마다
공기를 마시고 물을 마셔도
고마운 줄 모르고 살았네요

공기처럼
물처럼
늘 곁에서 도와 주는 그대
그대 고마움도 몰랐네요

아!
이제야 알았으니
어쩌면 좋지요.

부부라는 꽃

세상에
저절로 피는 꽃이
어디에 있겠어요

처음에는
알 듯 모를 듯 피다가
사랑으로 보살피면
더 예쁘게 피는 꽃
부부라는 꽃!

그래서
당신은 나를
나는 당신을
사랑해야 하지요.

보고 싶은 마음

옛날이나 지금이나
그대를 보고 싶은 마음
달라진 게 없지요

가끔
커피를 마시면서
부드러운 향기로
보고 싶은 그 마음
지우기도 하네요

지우고 일어서면
다시 보고 싶어
힘은 들지만.

바다와 그대

바다는
바람을 몰고와
여름을
시원하게 만들어 주고

내 가슴은
그리움을 불러와
그대 생각을
뜨겁게 만들어 주고.

정 때문에

사노라면
고운 정
미운 정
같이 든다고 했지요

그래서
정 때문에
사는가 봅니다

참,
그 정이
사랑만큼
깊은 것 아시죠?

믿을 만한 호박씨

호박이
넝쿨째 굴러 들어온다는
말을 믿고

내 가슴에
호박씨를 심고
평생 품고 살았지요

힘든
지난 세월 이겨 냈더니
웃음꽃을 피웠지요
행복이 달렸지요

이만하면
믿을 만한 호박씨!
가슴에 심을 만하지요.

비 내리는 날

비 내리는 날엔
해물파전에
막걸리 한 잔 나누면 최고!

지난 세월
그대와 나
웃는 일도 많았고
힘든 일도 있었지요

오늘따라
잔 속에
그대 생각 가득 담기네요

비는 여전히 내리고
그대는
여전히 보고 싶고.

난 알아요

볼수록 매력 덩어리
누구?
'당신!'

이 말을 하고 싶어
늘 연습 중인데
아직 서툴다.

태산

'티끌 모아 태산'이란
말이 있잖아요

내 안의
그리움을 모았다면
태산이 되었을 텐데

모으면
뭐 합니까?

그대
날 보고
한 번 웃으면 무너지는데.

부부 인연

말로는
설명할 수 없지만
살아보니
비로소 알겠는 걸

웃음도
울음도
결국
사랑에서 비롯되었다는 것을!

결혼기념일

'인명(人命)은 재천(在天)'
이란 말

요즘엔
'인명(人命)은 재처(在妻)'
라고 말한다

곱씹을수록
틀림없는 사실이다
나이들수록 실감난다

운이 좋은 나는
지금처럼 쭈욱 복 받게
당신 생각 더 많이 해야겠다.

가을 단풍

단풍이 떨어지는 만큼
가을은 멀어져 갑니다

하지만
내 안의 단풍은
그리움이 있는 한
항상 절정입니다

당신
가슴을 보면 압니다.

그만하면 됐지

사람은
겪어 보아야
됨됨이를 안다지만

그대는
척 보는 순간
알 수 있었지요

말수는 적어도
눈빛으로 전해 온
그리움의 농도

갈수록 진하면 됐지
더 이상 뭘 바래요
안 그래요?

이름

내 안에
그대 이름 쓰다가
혼났다

어차피
혼날 바엔
좀 더 크게 쓰고
소리내어 읽어 볼걸.

행복 바이러스

그대도
나도
우리도

감염될수록
좋아요!

껍딱지

쇠파리도
천리마 꼬리에 붙으면
천 리 간다는 말처럼

나도
그대 마음에 붙으면
천 리를 갈 수 있을 테죠

아니,
만 리도
평생도 갈 수 있지요.

내 안의 장미

내 안의
그대는 장미

비록 한 송이 피었어도
세상에
백만 송이 장미보다
더 예쁜 것은

꺾어서도 안 되고
가시마저도
사랑으로 느껴지는
당신이니까.

동짓날

동짓날
내 그리움의 나이
더 쌓여 갈까
걱정이 앞선다

그리도 좋아하던
동지팥죽을 잠시 내려놓는다

그래,
나이도 먹는데 뭐
애써 위로하는 내 앞에서
팥죽이 글쎄,

"기다리면 만날 거야!"

당신은 산타

늘 웃는 얼굴 산타
나를 보면
더 빙긋이 웃지요

그냥
같이 웃다 보면
산타 얼굴이
어느새 당신으로 보이지요

언제나
미소 짓는
당신은 산타!

발자국 하나

눈 내린 운동장을
둘이서 걸었다

한참 후
뒤돌아보니
발자국은 하나뿐

서리낀 안경 너머로
내 안의
그대가 걸어 나온다.

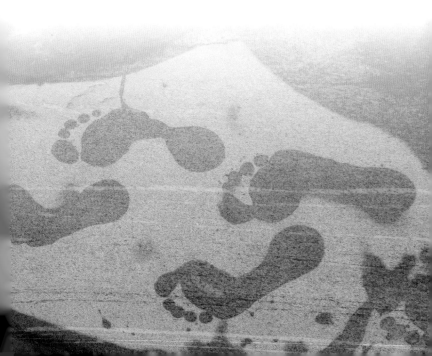

그대가 가장 생각날 때

밥을 혼자 먹을 때
빗속을 우산 없이 거닐 때

아니야
이것은 아니야
더 사랑하고 싶을 때

'그래 맞아!'

신발

현관에 신발이
가지런하게 놓여 있어야
집 안에 복이 오듯이

내 안의 그대 생각도
가지런하게 정리되어야
마음에 평화가 찾아 오겠지요

하지만 가끔은
신발도
그대 생각도
정리 못할 때가 있어요

좋아하다 보면
보고 싶어 하다 보면.

2부
내 안의 그대는

겨울 홍시 1 · 겨울 홍시 2 · 팥죽 · 집밥 · 왜냐고요?

노란셔츠 어머니 · 어머니 영전에 · 복주머니 · 꿈

나이 속도 · 목욕탕과 아버지 · 파도타기 · 농어 낚시

핸드폰 · 골프와 인생 · 복날· 호박꽃 · 해바라기

멀리 가려면 · 신상품 · 탁상시계 · 구름

겨울 홍시 1

날이 춥다
장독대에서 꺼내다 준
장모님의 홍시가 생각난다

오래갈수록
홍시처럼 깊게 익어 가는
부부 사랑

장모님은
홍시를
장독에서 꺼냈고

우리는
사랑을
가슴에서 꺼냈고.

겨울 홍시 2

엊그제
입동이었지요
겨울이 다가오면
홍시가 생각나네요

백년손님 올 때만
항아리에서 꺼내 놓는다는
대봉감 홍시!

장모님 사랑은
겨울 홍시에서 시작되었지요
그 맛만큼
장모님이 그립네요.

팥죽

팥죽을 먹다가
울컥했습니다

어릴 적 엄마 따라
동네 시장에 갔다가 먹은
팥죽 생각이 나서

모락모락 피어오르는 김처럼
뜨거운 팥죽 속에서
어머니의 목소리가
피어오릅니다

"어서 먹어라
식기 전에."

집밥

사람들이
지금 우리 집
단출한 밥상을 보면
스님 밥상 같다고
말할지 몰라요

그래도
난 행복해요

이 밥상에
내가 가장 좋아하는
그대 사랑이 함께 올라와서.

왜냐고요?

정원에
풀은 벨 수 있지만
내 가슴속 그리움은
자를 수가 없군요

왜냐고요?
손댈수록
더 깊게 뿌리내리니까요.

노란셔츠 어머니

노란셔츠를 즐겨 입고
밝은 미소를 지으셨던
어머니

환갑 지난 아들에게
"아범아, 차 조심해라!"

그 목소리가 아직도
귓전을 울립니다

그 어머니를 뵐 수 없어
더 생각나는 오늘

어머니 닮고 싶어
내 가슴에
유채꽃을 담았습니다.

어머니 영전에

음력 시월 중순
어머니 제삿날

살아 계실 때
개나리꽃
노란 국화꽃을 좋아하셨지요

계절 따라
노란색 옷을 즐겨 입으셨던
어머니!

햇볕 드는 병원 창가에서
떨어지는 노란 은행잎을 보며
끝내 삶을 마감하신
어머니!

아마도
그곳에선
노란 연꽃으로 피었을 테지요

은행잎이 뒹구는 계절
오늘따라
더 보고 싶어지네요

어머니
어머니!

복주머니

우리 집
복주머니
뭐니 뭐니 해도
아이가 희망!

꿈

아이야
네가
꿈꾸는 미래는
무엇이니?

너도
엄마처럼
사랑의 꿈을
잡아보렴!

나이 속도

도로에는
속도 제한이 있지만
사랑에는
속도 제한이 없다지요

다만,
나이만큼
최고 속도가 다를 뿐

둘 다
과속하면
사고 날 수 있지요.

목욕탕과 아버지

목욕탕을 지날 때마다
아버지 생각이 납니다

어릴 땐
아버지가 씻어 줬고
세월이 지나
아버지 몸이 불편할 땐
내가 씻어 드렸지요

목욕이 끝나면
휠체어 탄 채
"참 시원하다!"

이 말 한마디 듣고 싶어
제주도에서 고향집 들러
목욕탕 가는 게
큰 기쁨이었지요

살아 계실 때
오직 한 길 교육자로서
어려워도 한눈팔지 않고
올곧게 삶을 마감하신
아버지!

"나이 들면
아이로 돌아간다"며
애틋하게 바라보시던
그 눈빛
눈에 어른거리네요

아버지, 사랑합니다!
아버지, 보고싶습니다!

파도타기

바다는
변화무쌍해요

바람이
잔잔할 땐 호수 같다가
풍랑이 일 땐
집채만 한 파도가
밀려오기도 하지요

그것을 알고 있기에
내 인생의 바다에
변화의 바람이 불어와도
즐겨보려고요

큰 배와 같은
그대까지 곁에 있는데
못 즐길 이유
없잖아요?

농어 낚시

월척이다!

농어의 짜릿한 손맛
은빛 찬란하게
춤추는 무희처럼 보인다

하지만
내 안의 그대와
무엇 하나라도
비교할 순 없다

매혹적인 그대 향기
숨막히는 그리움까지

이미, 그대는
평생을 당겨도 끝이 없는
월척 중에 월척이니까.

핸드폰

차를 타고
한참 달리던 중
핸드폰을 두고 온 걸 알았다

핸드폰 없으면
아무것도 할 수 없는 세상이라
불안해지기 시작했다

그때
옆지기가 슬쩍 한마디
"나는 잊지 말고 다니세요!"

골프와 인생

골프장에선
처음 코스 나갈 땐
캐디 말을 들어야 하고

가정에선
최종 결정 내릴 땐
당신 말을 들어야 하고

둘 다
욕심 없이 힘을 빼야
굿 샷이야!

복날

복날엔
지친 몸 이겨 내기 위해
보양식 챙겨 주고

생일엔
그리운 마음 전해 주기 위해
선물보따리 챙겨 주고

그런 당신이 있는데
나도 챙겨 주고 있는데

돌아보니
우리 복 받았어요
함께라는 복!

호박꽃

호박꽃도
벌이 찾아와야
열매가 영글 듯

내 안의 그대도
그리움이 쌓여야
사랑으로 영글겠지요?

그래서
지금도
그대 생각 중!

해바라기

해바라기는
해님 따라 웃고
그리움은
그대 생각 따라 웃고

그대 보고 싶은 지금
해바라기도
그리움도
모두 내 안에 있다.

멀리 가려면

자전거는
페달을 밟아야 앞으로 갈 수 있고
전기차는
충전해야 운행할 수 있지요

하지만
당신과 나 사이는
사랑의 교감이 있을 때
멀리 갈 수 있다네요

그런데 아직
그 끝이 어딘지
모르고 있네요.

신상품

가장 맛있는 라면
뭐라 할까?
'그대라면'

그대라면보다
더 맛있는 것은
'함께라면!'

설마
라면만 먹자고
그 말 하는 건 아니지?

탁상시계

탁상시계가 멈춰 있다
시간을 알기 위해서는
새 건전지로 바꿔야 한다

내 안의
그리움도
가끔 멈출 때가 있다

탁상용 시계는
끼워 둔 건전지로 가고

그리움은
꺼내 보는 그대 생각으로 가고.

구름

만약 그대가 구름이라면
나도 그댈 따라가는 구름입니다

행여 따라가다 지치면
가랑비라도 되어서
그대 가슴에 내리렵니다

가랑비에
옷 젖는 줄 모르게

살포시

살포시.

3부
희망의 꽃으로 피어납니다

침묵의 바다 · 터널 · 용서 · 가을 커피

보리굴비 · 돌솥밥 · 눈 발자국 · 첫눈

제주의 돌 · 제주 오름 · 세월 · 몽돌 · 오리탕

엿 · 자나깨나 불조심 · 동반자 · 옹달샘

커피가 약입니다 · 송년 · 새해를 맞이하며

침묵의 바다

스쳐가는 바람이
바다를 깨우면
푸른 물결이 일렁이며
춤을 추듯 화답합니다

침묵하는 바다를 보면
고요 속에 머물고 있는
강한 힘을 배웁니다

바다는
넓고도 깊습니다
그대 가슴처럼!

터널

백두대간 지나는
터널*에는
길어도
끝이 있지만

그대 마음속
터널에는
짧아도
끝이 없지요

사랑이니까.

* 인제 양양터널 : 대한민국의 최장 터널이며,
  세계에서 11번째 긴 터널이다.

용서

넣어도
넣어도
끝이 없는 주머니.

　내 안의 그리움 태산이 되었습니다

가을 커피

바람이 서늘하면
단풍이 진다네요

가을 커피에
단풍잎을 띄우니
그대 생각으로 여울지네요

가끔
그대 생각 꺼내보며
홀로 마시는 커피

달콤한
그 맛에는 못 미치만
그래도 좋아요
그대 생각하니 좋네요.

보리굴비

보리굴비 반찬은
녹차물에 담가서 먹어야
제 맛이고

내 그리움은
그대 생각에 담겨 있어야
제 맛이고.

돌솥밥

돌솥밥에
밥을 덜어내고
물을 부으면
구수한 누룽지가 되고

내 안에
그대 그리움 걷어내고
생각을 거듭하면
허전한 마음이 되지요

하지만
둘 다 뜨겁습니다
둘 다 미소가 생깁니다.

눈 발자국

눈 덮인
운동장에
그댈 업고 걷는 발자국은
삐뚤빼뚤

업고 있어도
보고 싶어
올려다본 얼굴은
싱글벙글.

첫눈

첫눈이
내 가슴에 내린다
안아 달라고

그대도 아니면서
그대처럼
미소까지 지어가며.

제주의 돌

구멍 뚫린 돌은
제주의 아픈 역사

지금껏
바람이 불어 달래고
비가 내려 쓰다듬어도
아물지 않았던 제주4·3사건

이제
우리 손길로 어루만지면
그 구멍 메울 수 있습니다

돌 구멍 사이로
꽃이 피어나는 세상을
우리가 만들 수 있습니다.

제주 오름

나지막한 제주 오름은
엄마의 가슴입니다

오를 때마다
포근한 숨결이 느껴집니다

언제나
꾸밈없이 반겨주는,
그래서 그대와
다시 가고픈 마음이 생깁니다

오름
제주 오름
사랑 담고 오름.

세월

야속한 세월아
너도 나처럼
나이 먹어 보렴.

몽돌

몽돌은
바닷물이 어루만져
동그랗고

상처받은
마음은
시간이 어루만져
동그랗고.

오리탕

오늘 점심
오리탕을 먹다가
불현듯
"나를 버리고 가신 님은
십 리(十里)도 못 가서 발병난다"는
말이 떠오르더군요

가만히 의미를 생각하니
나는 오 리(五里)도 못 갈 것 같아요
무엇보다
그대 없이 돌아오는 길이
몇십 배 더 힘들거든요

오늘따라
오리 맛이 별미네요.

엿

요즘 사람들은
입안에
붙지 않는 엿을
좋아한다지요

나는
그런 엿 싫어요!

내 안의 그대 생각이
엿처럼 붙어 있다는 말
쓸 수 없잖아요.

자나깨나 불조심

11월은
불조심 강조의 달

"자나깨나 불조심!"
언제 들어도 맞는 말

이 말 들을 때마다
그대와 난

불 꺼질까 봐
조심
또 조심.

동반자

남들이 뭐라 하든
내 눈에만 담고 싶은
그대입니다

늘 그 자리에
변함없이 기다려 준
그대라서 좋습니다

내게
그리움을 안겨 주고
꿈을 가져다준 그대

사랑합니다
고맙습니다.

옹달샘

깊은 산속에만
옹달샘이 있는 줄 알고
멀리서 찾고 있었네요

찾다가 찾다가 다시 보니
바로 옆에 있었네요

이제라도
찾았으니 다행이지요
그대는
나의 옹달샘!

커피가 약입니다

아이 보는 데서는
찬물도 못 마신다 하지요

아이들 앞에서
"커피는 엄마 약이야!"라고
말한답니다

맞습니다
그대 생각하고 마시는 커피에
그리움까지 넣으면
저절로 힘이 생깁니다

나에겐
커피가 약입니다.

송년

한 해를 보내는
끝자락에 서 있습니다
어려운 현실로
어느 해보다 힘들었습니다

예전에 겪어 보지 못한
상상할 수 없는 일들을
우리의 일상으로
받아들여야만 했습니다

지나온 나날들 되돌아보면
비대면이라는 암담한 현실 속에
소통을 통해
희망의 꽃을
새롭게 피우기도 했습니다

무엇보다
그대와 함께
꽃을 가꾸고 피우는 일을
할 수 있어 기뻤습니다

함께해 준
그대가 있어 행복했고
언제든지
위로와 힘이 되었습니다

새해에는 더욱
내 안의 그대를
나의 꽃
나의 희망으로 삼고
살아가겠습니다.

새해를 맞이하며

새해는
기도로 아침을 열겠습니다
가족을 위해
나 자신을 위해
사랑으로 새벽을 깨우겠습니다

새해는
내가 먼저 인사하겠습니다
가는 곳마다
만나는 이에게
고운 말로 웃음을 나누겠습니다

새해는
정성으로 꽃을 피우겠습니다
비록 한 송이라도
실망하지 않고
마음을 다해 보살피겠습니다

밝고 아름다운 세상은
가장 가깝고도 먼
내 마음에서부터
만들어 가겠습니다

기쁨이 배가 되게
그대와 함께 만들겠습니다.

최봉순 · 주해성 부부시집

내 안의 그리움
태산이 되었습니다